Minti a Tinc

Emma Chichester Clark

Cymdeithas Lyfrau Ceredigion

i

GRACE

GWASANAETH LLYFRGELL
YSGOLION

BG 28 APR

02. 06.

09. 04.

09. 10.

29 03 2015

3022726 7

BG

Y n
hy   Rhif/No. __3022726 7__ Dosb./Class __WJF__   waith 988.

Dylid dychwelyd neu adnewyddu'r eitem erbyn neu cyn y dyddiad a nodir uchod.
Oni wneir hyn gellir codi tal.

This book is to be returned or renewed on or before the last date stamped above,
otherwise a charge may be made.

LLT1

Dechreuodd y cyfan ar y diwrnod yr oedden ni'n chwilio
am anrheg pen-blwydd i fy mrawd bach. Ro'n i'n dod o
hyd i bethau trwy'r amser ac roedd Mam yn dweud,

"Na, na, na, Minti!" trwy'r amser.

Ond fel ro'n i'n edrych ar
fabi dol a oedd yn crio
dagrau go-iawn,
mi welais i rywbeth
RHYFEDD.

Ar y silff roedd panda
pitw bach yn neidio i fyny
ac i lawr gan chwifio'i
freichiau arna i.
"Help!" gwaeddai.
"Achub fi!"

Wrth i mi ei godi, dywedodd
Mam, "Iawn, Minty. Mi wneith
hwnna i'r dim.
Tyrd ag ef at y cownter.

Talodd Mam am y panda.
Rhoddwyd ef mewn bag, ac adref â ni.

Roeddwn ar bigau'r drain
am gael mynd i fy ystafell.

Edrychais i ar y panda ac edrychodd ef arna i.
"Wyt ti'n fyw go-iawn?" gofynnais.
"Mor fyw ag wyt ti," atebodd.
"Rydw i'n un o fil. Tinc yw fy enw."

Yna safodd ar ei ddwylo
i brofi hynny.
"Dyma'r peth gorau a
ddigwyddodd i mi erioed!"
dywedais, heb air
o gelwydd.

Roedd gen i lawer
o anifeiliaid y byddwn
yn siarad â nhw trwy'r
amser, ond fydden nhw
byth yn ateb.

"Dyma ddiwrnod gorau fy
mywyd," meddyliais. Yna
galwodd Mam,
"Minti! Golcha dy ddwylo
a dere i lawr i gael te!"

Rhoddais Tinc yn fy mhoced a mynd i lawr y grisiau.
Roedd wyneb fy mrawd bach a'i jiráff
yn jam mefus drostynt i gyd.
"Dere â'r p-a-n-d-a i mi ar ôl te," meddai Mam,
"ac fe lapiwn ef ar gyfer ti'n-gwybod-pwy!"

"Oes rhaid i mi ei roi
iddo fe?" gofynnais.
"Wrth gwrs!"
atebodd Mam.
"Mi brynon ni'r
panda'n arbennig
iddo fe!"

Eisteddais yn y bath.
Sut yn y byd y gallwn i roi Tinc
i'r babi? Nid nawr.
Byth bythoedd!
Ef oedd fy ffrind gorau.
"Be wyt ti am ei wneud?"
holodd Tinc.

"Mi feddyliwn ni am
rywbeth," dywedais.
"Mae'n rhaid inni!"

"Pam na roi di
rywbeth arall iddo fe?"
meddai Tinc.

"Gwych!"
dywedais.

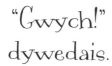

"Mam! Ga i roi hwn iddo
yn lle'r panda?"
"Na, Minti," meddai Mam.
"Dim ond un goes sydd
ganddo."

"Dim lwc," dywedais.
"Beth arall sydd 'na?"
"Hwn?" awgrymodd Tinc.
"Gwych!" atebais.

Roedd Mam yn aros.
"Ga i roi hwn iddo fe?"
gofynnais.
"Mae'n fudr," meddai Mam.
"Felly, na?" holais.
"Na!" meddai Mam.

"Rhaid bod
rhywbeth arall!" llefais.
"Rhain?" holodd Tinc.

Roedd Mam yn dal i aros.
"Ga i roi'r rhain iddo fe?" gofynnais.
"Na. Gormod o siwgwr," meddai Mam.

"Brysia, Minti," meddai
Mam. "Dos i nôl y panda
ac mi helpa i di i'w lapio."

"Mae'n debyg y bydd rhaid i ti fy rhoi i'r babi," meddai Tinc.
"Ond dwyt ti ddim am i hynny ddigwydd, wyt ti?" gofynnais.
"Na!" llefodd Tinc. "*Ti* ddewisais i. Dwi'n meddwl efallai y bydd
ef yn fy mwyta i!"

Lapiodd Mam Tinc mewn papur, ei gau yn dynn â
thâp gludiog, a chlymu ruban o'i gwmpas.
Pan es i i'r gwely, ro'n i'n gwybod nad oedd
gobaith i mi fynd i gysgu.

Bûm yn meddwl ac yn meddwl. "Dyw hi ddim yn rhy hwyr.
Mae amser o hyd i mi wneud rhywbeth . . . ond beth?"

"Rhywbeth a fydd wrth fodd y babi . . ." meddyliais.
Yna, mi ges i syniad!

Ro'n i'n hwyr i frecwast drannoeth. Wrth i mi gerdded i mewn i'r ystafell roedd y babi ar fin rhwygo'r papur oddi ar fy anrheg.

Syrthiodd Tinc allan o'r papur lapio.
Agorodd y babi ei geg . . .

"NA!" gwaeddais.
"NA!" gwaeddodd Mam.
"NA!" gwaeddodd Dad.

"Mi dagith!" gwichiodd Mam.

"TINC!" sgrechiais.
"PEIDIWCH Â GADAEL
IDDO FWYTA TINC!"

Dad achubodd Tinc. "Well i ti ei gadw, Minti," meddai. "Mae'r panda'n llawer rhy fach i'w roi i fabi."

"Mae gen i anrheg arall iddo fe," dywedais wrthynt. "Fi wnaeth e, ar fy mhen fy hunan bach."

pen-blwydd

"Mae'n brydferth!" meddai Mam.
"Mae'n rhyfeddol!" meddai Dad.

"Pen-blwydd hapus, Twm!"
dywedais wrth fy mrawd bach.

A dyna sut y daeth Tinc
i fod yn ffrind
panda GO-IAWN
gorau i mi.